KB272351

세상은 원래
아름다운 것
우리는 사랑하네

세상은 원래 아름다운 것 우리는 사랑하네

2026년 4월 23일 초판 1쇄 인쇄 발행

지은이 이명신
펴낸이 박종래
펴낸곳 도서출판 명성서림

등록번호 301-2014-013
주소 04625 서울시 중구 필동로 6 (2, 3층)
대표전화 02)2277-2800
팩스 02)2277-8945
이메일 msprint8944@naver.com

값 10,000원
ISBN 979-11-7439-118-6

세상은 원래
아름다운 것
우리는 사랑하네

이명신 제 4시집

도서출판 명성서림

詩人의 말

번득이는 유머는
비틀린 세상을 향한
연민의 다른 표정,

진실에 화를 낸다는 것은
스스로의 허위를 들킨
마음의 붉은 경보.

단단한 석류알처럼
겹겹이 숨은 속살을 깨고
평범 속에서 반짝이는 씨앗을 캐내는 일,

그리하여
진실한 사랑 하나
진실한 삶 한 줄을 얻기 위해

오늘도 사람은
자기 안의 어둠을 지나
가야 할 길 위에 선다.

- '진실眞實'에서

2부

4부

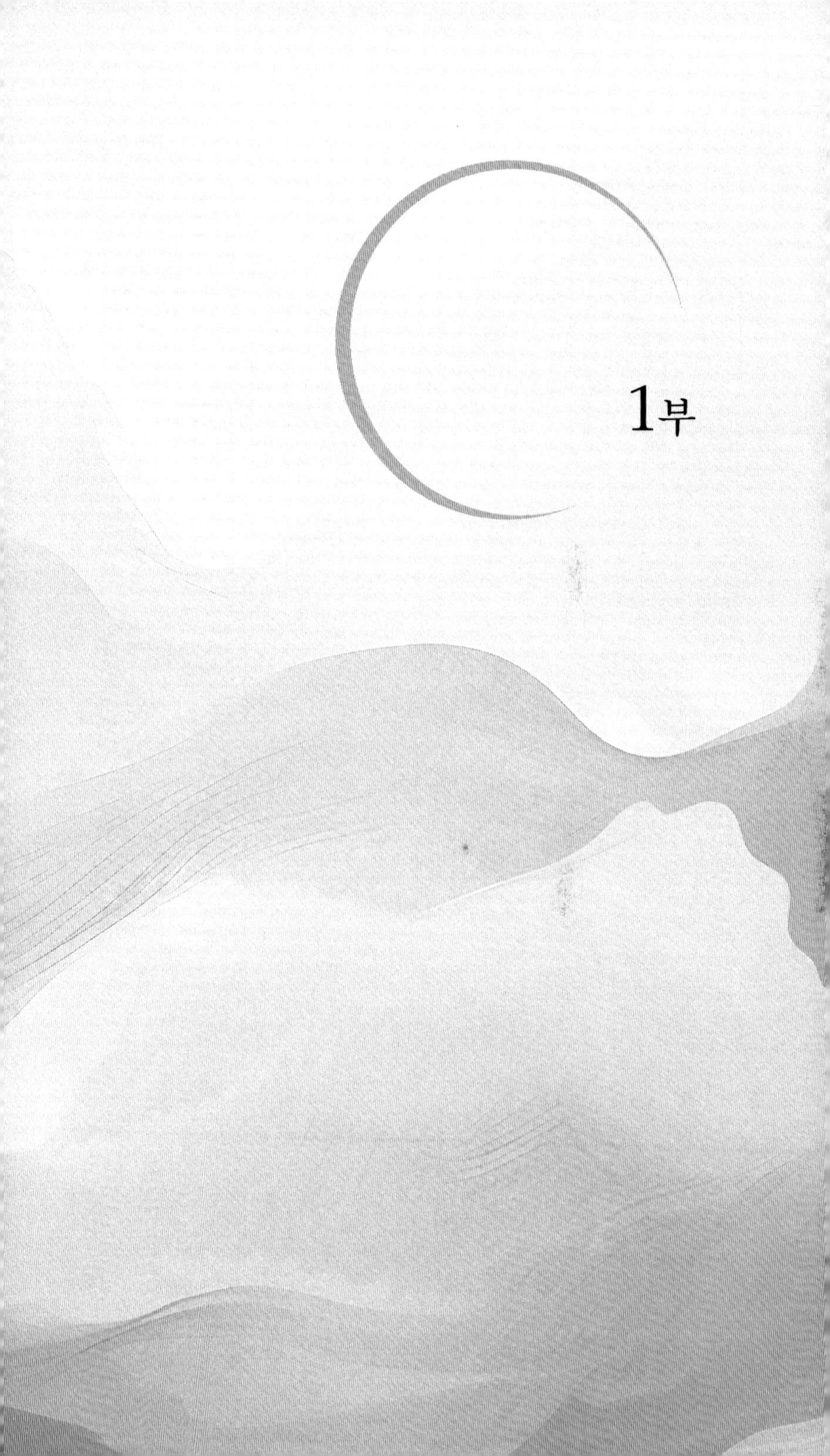

1부

꿈

백두산 입구를 지키는 인민군 부대,
그 병사에게서 편지가 왔다.

부대 앞 개울의
잔돌과 물줄기는 우리가 잡았으니
이제 농사를 지어 달란다 했다.
먹을 것이 모자라
스스로 길러야 한다고.

총을 쥔 손이
흙을 고른다니
그 말 한 줄에
마음이 먼저 젖었다.

친목회 친구들과
서울을 떠나 속초를 지나
함경도 길을 더듬어 북으로,
내륙을 가로질러
평안북도 초산,
압록강 물굽이까지 갔다.

아들 면회 가는 마음으로
쉬어 가고, 물어 가며
개울 건너 중국 땅이 보이는
그 부대 앞에 섰다.

편지 보낸 병사는
평양말로 우리를 맞고
부대원들은 훈련 겸
진지 보수에 나갔다며
조용히 웃었다.

강 건너 마을엔
저녁연기가 오르고,
자갈 깔린 논은
이상하게도
아버지의 고향처럼 익숙했다.

돌은 어느새 치워지고
연둣빛 모가
물 위에 가만히 숨 쉬고 있었다.

돌아오는 길,
남쪽 산자락엔
단풍이 스미듯 번졌다.
누가 먼저랄 것도 없이
말이 줄었다.

문득 잠이 깼다.

방 안은 고요했고
나는 한참을
움직이지 못했다.

통일이 오려는가
백두산에 갈 날이 있을까
입 밖에 내지 못한 말들이
가슴 안에서만 맴돈다.

아버지 고향을
한 번만이라도 밟아 보고 싶다는 마음은
낮에는 접어 두었다가

밤이 되면
조용히 꺼내 보는 낡은 사진 같다.

울음은 나지 않는다.

다만
건너지 못한 강 하나가
가슴 속에서
아직도 소리 없이 흐른다.

별

해가 뜨면
달이 지고
달이 지면
별도 빛을 거두느니

해는
해바라기가 있고
달은
달맞이꽃이 기다릴 터

빛 잃은 별은
기다림마저 접고
젖은 어둠으로
남는다.

이렇게 1년

지는 해
피는 꽃
가고 오는 계절

부는 바람
치는 파도
오고 가는 사람들

고운 꿈은
이어지지 않고
좋은 향기도 잠시

남겨지고
머무는 것은
젊은 날의 풍경 한 장.

소꿉장난

자기야, 다녀올게.
당신 힘들었죠?

당신은 천사야,
당신은 하늘이에요.

힘들어도
고무신짝처럼
찰떡같이 붙어살던

우리의 사랑은
소꿉장난.

사랑하는 것도
마무리도

꿈속에서 몇 번이고
다시 시작되던
전편의 마지막 장면 같은 이야기.

그래도
그때를
사랑해.

다시, 봄의 문 앞에서

눈물은 메말라가지만
그 속엔 아직 반짝이는 씨앗이 있다.

공감은 가볍고, 감동은 희미하지만
한 줄기 바람이 지나가면
멈췄던 마음속에서도 꽃이 핀다.

기억은 화석화된 상상일 뿐이라도
그 돌 위에 앉은 새 한 마리,
다시 노래를 부른다.

추웠던 겨울이 천천히 물러나며
우울의 문틈 사이로
햇살이 살며시 스며든다.

그 남자는,
그리고 우리 모두는―
다시, 아름다운 출발을 할 수 있다.

세상이 아직 차가워도
희망은 이미 꽃눈을 틔운 채
봄의 문 앞에서
조용히 손짓하고 있다.

마음의 불이 꺼질 때

소홀함은
조금씩 쌓여
말이 되지 못한다

서운함은
참는 얼굴 뒤에서
조용히 벽을 세운다

웃음이 줄어들고
안부가 늦어질 때
이미 마음은 식는다

큰 상처가 아니라
작은 무관심이
불을 끈다

붙잡지 않은 손,
돌아보지 않은 눈길,
한 번 덜 한 말

그 사소함들로
사랑은
소리 없이 끝난다

불이 꺼지고서야
알게 된다

사랑은
남아 있을 때가 아니라
사라진 뒤에야
따뜻했다는 것을.

강자의 전쟁

지옥에서 파견된 천사들이
평화를 말하며 폭탄을 떨군다
천국에서 내려온 악마들은
인권을 외치며 국경을 긋는다

하늘은 늘 정의롭다
위에서 보면 사람은 점처럼 보이니까
점 하나 지워도
지도엔 흠집이 나지 않는다

포연은 구름이라 불리고
시체는 통계로 환원된다
아이의 울음은 잡음 처리되고
폐허는 재건 사업이 된다

냉전이라 불렀다가
경제라 바꿔 부르고
안보라 포장한 끝에
결국은 영토와 자원, 숫자의 전쟁

각자도생이라 쓰고
각자약탈이라 읽는 시대
일국일핵은 공포의 균형이 아니라
공포의 유행병

강하다는 자들은 말한다
이것은 불가피한 선택이라고
그러나 선택은 언제나
안전한 회의실에서만 이루어진다

피는 항상
타인의 땅에서 흐르고
죽음은 늘
약자의 언어로만 울린다

총을 쥔 손은 떨리지 않는다
떨리는 건
아이를 안고 숨는 팔이다

불과 여자는
건드리는 게 아니라 했는데
그들은 둘 다 불태우며
문명을 말한다

초록의 땅을 깎아
전차의 길을 내고
오로라가 비추던 하늘마저
미사일의 항로로 쓴다

자유는 점령되고
평화는 선전물이 되었다
폭력으로 지킨다는 말 속엔
이미 자유도 평화도 없다

이 전쟁에서
승자는 없다
다만 더 많은 무기를 판 자와
덜 죽었다고 말할 수 있는 자만 남는다

그리고
강하다고 믿는 자들은
오늘도 거울 앞에서 말한다

"우리는 옳았다"고

거울은 대답하지 않는다
전쟁이 끝난 뒤
말을 하는 건
항상 무덤이니까.

문산文山 노을길

문산천 뚝방길에 자전거가 달린다.
임월교 아래 잉어 떼가 유영을 한다.
동문천교 갈대숲에 고라니가 뛴다.

반구정에서 노닐던 갈매기가
문산천 하늘로 소풍을 오고,
놀러 나온 귀염둥이들 웃음소리가
뛰노는 천변 광장.

걷기 좋은 가로공원에 꽃향기는 흐르고,
저녁노을의 불 속에 서해 바람은
흥건한 개망초들을 춤추게 하고 있다.

* 문산(文山) : 경기도 파주시 문산읍
* 임월교, 동문천교 : 문산천에 있는 다리들
* 반구정 : 파주시에 있는 조선 시대 황희 정승이 지은 정자

스치는 바람에도 억새는 뒤척인다

아침 산책길에 마주치는 그녀,
언제나 가볍고 경쾌하게 달린다.

꽃봉오리의 미소를 머금고
달려오는 모습에
무거웠던 발길이 날개를 단다.

말꼬리 치듯 흔들리는 뒷머리에
말없이 걷던 외로움이
경중경중 뛰누나.

슬그미 다가오는 이 기쁨,
기다림도 스스럼도 없는
이 두근거림은 무엇인가?

길섶의 풀잎들에게
설렘 들킬 것 같아
넋을 찾는 발걸음이 빨라진다.

꽃과 별의 꿈 이야기

가슴에 담은 스케치북에
매일 그림을 그리는 꽃 하나.

산에 안기고
강에 출렁이는 몸짓으로
고고하게 지녀온 일편단심.

별에 닿을 줄이야.

구석진 하늘가에
시나브로 빛 잃은 별 하나.

의식의 밑바닥에서
부스럭거리던 꿈
잊었던 기억의 실마리.

꽃에 있을 줄이야.

언제나 홀로 지키던 날들이
서럽고 외롭지만은 않았습니다.

꽃대궁 들어 채색하는 붓질
꽃을 향해 반짝이는 별.

꽃은 별을 우러렀고
별은 꽃을 꿈꾸었습니다.

시간 속에 사는 우리
다가서면 가까울 줄 알았습니다.
섞고 섞어도
섞일 것만 섞이고
녹을 것만 녹고
남을 것은 쓰디쓰게 남아
떠나면 다가올 줄 알았습니다.

길들은 멀어지기만 하였고
돌아오지 않았습니다.

또다시
핏기 잃고 서성이던 밤.
마음 시려 온몸 떨던 밤.

한숨 떠도는 어둠 속에서
짧고 슬픈 꿈에 비틀거리는데

지난 시간을 퍼버리고
향기로 달려온 꽃이었습니다.
아름다웠습니다.

별빛은 환하고
향기는 진하고

아름답습니다.
이것 이상 무엇이 또 있으리오.

신이시여,
천년을 가질 수가 없다면
영원히 깨지 않게 하소서.

꽃뱀[花蛇]

초록 풀밭에 갈 之(지) 자로 배 깔고 풀 깔고 온몸 흔들며 간다.

눈앞의 자운영紫雲英도 내 눈에는 아름답지 않다.
비켜라.

태양의 눈으로 빛나는 이슬 구슬도 내겐 영롱하지 않으니...
관심 없다.

고마운 건 촉촉한 살갗으로 숨 고르고 있는 청개구리.
반가웠노라.

내 눈빛에 포기하듯 끔벅거리는 눈.
지그시 감은 채 시뻘건 혓바늘로 휘 감싸면
쩍 벌린 아가리의 포만감으로 들어 올려지고 있다.

고맙다.
사랑한다.
애달픈 내 사랑.
안녕.

* 꽃뱀[花蛇] : 알록달록한 빛깔의 뱀.
　남자에게 속셈을 가지고 가까이 다가가 사귀고, 금품을 우려내는 여자.

나는 취업 중

외모는 40대,
체력은 30대,
업무능력은 타짜.

전적前績만 남을 것 같은 세상에
오늘도 이력서를 들고 나선다.

인간의 탈을 쓰고 있음에 새삼 감사한다.
내일 없는 오늘을 살아야 한다.

따뜻한 바람이 불면 아프다.
몹시 아프다.

* 타짜 : 노름판에서, 남을 잘 속이는 재주를 가진 사람.
　특정 분야에서 기술이나 실력이 매우 뛰어난 사람
　고수(高手), 기술자

벙커*Bunker* 앞에서
− 앞산 산책길 여우고개에서

이리 오너라.
게 아무도 없느냐?
벙커*Bunker*에 숨은 빚쟁이도 노숙자도 좋으니,
나와 내 오라*Aura*를 받아라.

나는 가진 건 돈밖에 없는 사람이다.
내 너를 위해 능력을 주리라.

여의도 광장에서
전국에서 모아 온 300개 개밥그릇 전시회를 열었다.
마땅치 않은 개들의 밥그릇은
시원하게 빵구를 내는 이벤트*Event*도 벌였지.

눈먼 돈이 좀 들어왔다.
개밥그릇 속에 들어온 기부금, 청탁금을 거둬 왔다.
자, 이 돈으로 다시 한번 시작해 보게.
멋들어지게.

* 오라(Aura): 물체나 인체로부터 주위에 발산되는 영험한 기운.

남은 자의 비감悲感

포수!
9시 방향, 적전차 출현!
사거리 1200!
대전차 고폭탄!
장진 끝!
조준 끝!
쏴!
발사!
명중!

초탄박살, 초전박살의 기상으로
철원 평야를 달려
철의 삼각지를 거쳐
연천, 파평을 치달리던 무적 전차병으로
개통 전인 영동 고속도로를 달려
횡성에서 숨을 고르며 쉬었었지.

전우야,
부르지 않아도
이름은 눈 속에서 먼저 일어나

내 발자국을 따라온다.

살아남았다는 이유 하나로
숨 쉬는 날마다
너희의 시간을 대신 지고 걷는다.
웃을 때마다 미안하고
잠들 때마다 빚이 늘어난다.

총성은 멎었으나
가슴속 장진은 아직 끝나지 않아
나는 지금도
너희의 마지막 명령을 수행 중이다.

눈은 오늘도
말없이 너희 위에 내려
아무도 묻지 않는 이야기를 덮고
아무도 대신할 수 없는 안식을 준다.

전우야,
일찍 간 너희가 부러운 밤이면

나는 더 오래 버텨
너희 이름이 지워지지 않도록
이 생生을 증언처럼 살아가겠다.

지나간 것은
꿈이 아니었다.
되돌릴 수 없어서
더 귀한 것이었다.

* 철원, 철의 삼각지(철원군, 김화군, 평강군을 연결하는 지리적 삼각
  지대로 평강군이 수복되지 않은 관계로 포천시 이동면을 대신 넣기
  도 했다), 연천, 파평, 횡성 : 경기도와 강원도의 지명들.

삶의 미美

아등바등牙等跋等으로 버텨온 세월,
그럭저럭可堪 오늘에 이르렀다.

근심憂慮 속에서도 뜻을 잃지 않고
곤고困苦 속에서도 희망希望을 품었으니

이제는
아깝지 않게 즐기고(樂而不惜),
후회 없이 행하며(行而無悔),
감사로 마음을 채우고(以感爲心),
웃음으로 생을 마치라(笑而終生).

이것이 곧
잘 살았다 말할 수 있는
인생의 도道요,
가장 멋진 삶의 격언格言이다.

머무르지 못하는 것들의 근원

– 낙엽落葉

낙엽이 집니다.

하나,
둘,
그리고 또 하나.

떠나보낼 시간도,
붙잡을 말도 없어,
바람조차 맴도는 오후입니다.

한 잎엔 눈부셨던 그날의 햇살이,
한 잎엔 말갛게 흐려지는 아련함이,
한 잎엔 가만히 스민 서글픔이,
또 한 잎엔 끝내 다 말하지 못한 서운함이
소리 없이 내려앉습니다.

낙엽이 집니다.

아쉽고도 애틋한 마음,
흘러간 시간의 자락이
가을빛 속에서 멀어집니다.

긴 겨울을 건너면
새로운 봄날,
보들보들한 싹눈 하나
어둠을 비집고
다시 빛의 길을 찾아오겠지요.

사랑한다는 것은 또 하나의 나를 갖는 것

나는 가진 게 참 많습니다.

삶을 알만한 나이를 가졌고
나이보다 나아 보이는 건강을 가졌고
무엇보다도 더 좋은 것은
사랑할 수 있는 마음을 가졌다는 것입니다.

사랑을 꿈꾸는 이의 눈빛
사랑하는 이의 가슴소리
이 어찌 설레는 소중함 아니겠습니까.

내 마음에 그대를 두고 살아간다는 것은
또 하나의 나를 갖는 것.
살아있는 날의 축복인 것입니다.

바다

세차게 쏟아지며
세상 소음騷音도
모두 다 쓸어버리는 장맛비에
네 잔물결이 그대로 다독거리고.

대지를 울리며
산을 허물며
거센 홍수로 달려온 강물도
네 앞에서는 그대로 잠잠하더라.

잠들지 못하고
발붙일 곳 없는
이 머릿속의 얽힌 상념想念도
네 앞에서는 그대로 맑아지더라.

바다, 너는 언제나
베풂의 도량度量,
노을 지는 속 깊은 바다에
깃 잃은 새는 파도와 축문祝文을 읊는다.

나는 행복 공사 중

건강한 육체
아름다운 몸매
나이가 삶의 변수變數에서 배제排擠되는 시간.

숨 가쁜 것은
내 심장이 폐활량을 크게 해 주기 위함이요.

땀방울이 솟는 것은
몸구석구석 노폐물을 내보내기 위함이요.

근육들이 아픈 것은
아름답고 튼튼한 살과 힘줄을
차곡차곡 쌓아가고 있음입니다.

사람은 태어나는 순간부터
죽을 때까지 성장하는 것.

성장통의 고통은
자존감을 불어넣고
나의 가치를 높이는 선물.

성격은 활기차고, 담대해지고
몸은 예술이 되지요.
그럼으로 행복해질 수 있는 겁니다.

어모털리티*Amortality*를 위한
나는 행복 공사 중工事 中.

* 어모털리티(Amortality) : 죽을 때까지 나이를 잊고 살아가는 새
  로운 현상을 가리키는 신조어. "타임"지의 유럽총괄 편집장 '캐서
  린 메이어'의 저서.

어떤 등산

오메 저 산 몸살 나겄네
작작 올라 다니랑께
사람이 단풍이여

올라갈 땐 홀로
자연 속에서 나를 만나
내려올 땐 쌍쌍

입산할 땐 등산객
자연의 향기에 취하다
하산할 땐 모주꾼

바위 위의 다람쥐
잔뜩 부은 볼을 씰룩거리고 있다.
오물汚物 오물汚物……

2부

12월을 헤는 바람

아직, 갈 길이 먼데
동화童話처럼 울리는 저녁 종소리가 있어
서성이고
흔들리며
메우듯이 왔던
이 길에 서서
숨을 고른다.

아직, 밖은 시린데
옷섶에 배인 따스한 체온 지키며
무성하게 엉켰던
잎들을 털어내고
나를 씻으며
나를 닦으며
더 가야 할 길.

아직, 밖은 어두운데
새벽이 단추를 끄를 때가 되었다고
풋풋한 풀 내음과
오롯한 오솔길

강물 위를 떠 있는
유유한 흰 구름이
보일 듯하여

가야 한다.

소망消亡을 위한 소망所望

원하옵고
바라 건데

온 산하를 푸르게 물들여놓고 가는
봄만 아니기를.

마른하늘아래 상심의 땅을 찢어놓는
된 가뭄이 아니기를.

서럽게 내리는 낙엽 위로 춤추며 오는
흰 바람이 아니기를.

뿌리째 뽑혀 동강 난 그루터기에 달린
고드름이 아니기를.

환희도
절망도
슬픔도
아픔도
소망消亡인 채로 간직하게 하소서.

초가삼간草家三間 다 타도
동남풍東南風만 불어다오?

오! 뎅*~
번영의 종소리가
고로케* 사그라져 간다.

악! 악 으아악~
까마귀가 웃는다.

불이 활활 타오른다.
고기 탄다아~
불판 바꿔라.

온몸이 펄펄 끓는다.
내 속도 끓는다~
주군酒君께 여쭤라.

* 오뎅(おでん) : 생선의 살을 갈아 소금, 갈분, 미림 등을 섞고 나무판
  에 올려 쪄 익힌 일본식 음식.
* 고로케(コロッケ) : 크로켓(croquette)서양 튀김 요리의 하나, 크로
  켓의 일본식 용어. '그렇게'의 비표준어.

멋과 맛

귀엽고 통통한 복어
힘든 세상 살았는지
빠드득 이를 갈며 부아 차서
위험한 맛을 지녔네.

근육투성이 늙은 호박
돌아볼 수는 있어도
돌아갈 수는 없어 여문 시간
멋도 맛도 최고라네.

길

갈 길은 하나인데 가려는 길은 많고
이 길을 가다 보면 저 길이 그 길 같고
앞서도 뒤처져가도 우리 모두 가는 길.

똥

금쪽같은 내 새끼가
상투과자처럼 예쁘게 싸놓은 따끈한 똥,
그래, 사랑이었다.
그건 그래도 진심이었다.

노망 든 내 엄니가
싸놓고 볼찐볼찐 주무르다 벽에 문댄 똥,
그건 세월이었다.
적어도 거긴 눈물이 묻어 있었다.

이건 뭔가.
양복 입은 위정자爲政者들은 의자에 앉아
입으론 위국爲國이요, 보민保民을 싸대며
밑으론 욕망을 닦는 거룩한 똥구덕의 연극.

곱창을 채워 순대를 만들어도
모든 강은 바다로 이르면 하나의 이름을 가질 뿐인데,
싸우려는 사람은 늘 싸움 속에 살고,
이기려는 사람은 늘 승패 속에 헤매는 법.

누구의 똥인가?
누가 싸고, 언제 치우는가?
백성은 늘 치우는 자.
진심 없는 똥을 매일 치우는 자.

민초民草는 묻는다.
답은 없고, 향기만 진하다.
그 이름도 고귀한,
민주주의란 이름의 거름통에서.

돈[錢]

돈. 돈. 돈.
혀끝의 저주.

다음 생엔 금수저?
웃기지 마.

차라리
돌멩이로 굴러라.

체념일까, 비굴일까.

세상은 오늘도
지갑을 턴다.

돈을 내놓을 테냐.
목숨을 내놓을 테냐.
목숨은 드릴 테니, 돈만은 제발,
내 아들에게.

나는
지갑 없는 돌멩이가 부럽다.
그리고
여전히 인간이다.

집

부럽다
월세
전세
아파트값 상승 하락
신경 안 쓰는
저 달팽이가 업고 다니는 집.

봄

흰칠하고 미끈한 등대燈臺가
환한 아침햇살의 전철電鐵 안에 서있노라.

아가씨의 짧은 치마 아래로
가득 쏟아져 있는 봄.

아빠의 말씀

아빠!
영화는 왜 3초마다 화면이 바뀌어요?
응, 그건 관객들이 졸릴까 봐.

그럼 뉴스에 싫은 대통령은 왜 매번 나와요?
그건 싫증 나도 봐야 해.
안 보면 되는데 안 나오면 혼나거든?

미국은 왜 자꾸 달에 가요?
지구를 지키려고.
달 안에 위험한 핵을 갖다 놓는 거란다.

그런 핵무기는 왜 자꾸 만들려고 해요?
그러게 말이다.
인터넷 접속만 해도 게놈 지도로 개인의
DNA, RNA를 파괴할 무기를 만들면 되는데.
아니면 지구 산소를 한 번에 소멸할 것을 만들면 되는데.

* 게놈{Genome, 유전체(遺傳體)} : 유전자(gene)와 염색체(chromo
   -some)의 두 단어를 합성해 만든 용어.
   생물체를 구성하고 기능을 발휘하게 하는 모든 유전정보가 들어 있
   는 유전자의 집합체.
* DNA : 디옥시리보 핵산(deoxyribonucleic acid)의 약자.
   사람 유전정보의 매개체로 작용하는 세포의 핵.
* RNA : 리보핵산.
   몇 종류의 바이러스에서 디옥시리보 핵산(deoxyribonucleic acid
   /DNA)을 대신하여 유전 암호의 운반체가 된다.

한식寒食

이곳저곳 다녀봐도
제일 편한 건 내 집이여
라던 임이 먼 집으로 가셨다.

힘을 주고,
용서하고,
치부까지 감싸주던
19년 살았다던
그 집으로 왔으나
갈 집으로 가셨다.

찬밥과 찬 나물을 올리며
먼먼 집으로 가신 임을 기린다.
한식寒食에 죽으나 청명淸明에 죽으나.

짝사랑

매일 거울을 본다.
내 눈 속에
별이 되어 빛나는
너를 만나기 위해

오늘도 눈을 감는다.
내 가슴속에
불꽃 되어 타오르는
너를 만나기 위해

그러나 너는 웃고만 있다.
시작도 끝도 아닌
그날의 그곳에서

여름을 만나고 가는 비

1

충동적으로 내리는 비는
소리를 잘 포장하여 내린다.
기억을 포장하고
풀리지 않는 언어와 시간의 의미를 들려준다.
사람 다니던 길에
차가 달리던 도로에
바람 실은 은비늘의 춤판이 벌어진다.
쪼잔한 잔소리 건강한 수다도 함몰된
처절하게 감동적인 음악이 연주된다.
살아 움직이는 소리가 보인다.

2

푸른 환상에 지친 구름바다가
주렁주렁 영근 음표들을 풀어가고 있다.
도는 시간의 그림자를 밟고
연두 빛 저고리에
흰 치마 기녀들의 가무는
옥뜰을 지나 저잣거리로
다시

저잣거리를 지나 옥뜰로 이어진다.
좁은 방,
방음된 창문을 활짝 열고
내 여린 열두 줄 가얏고는
장단을 맞추기 시작한다.
어화 덩실
어화 뚱땅

공식기억의 균열

- 제련製鍊을 하며

급랭된 쇳덩이처럼
기억은 차갑게 갈라진다.
용광로鎔鑛爐의 밤, 불꽃들이 비산하고
한 문장이 금이 가듯
시간도 금이 간다.

나프타Naphtha의 끓는점을 낮추는 과정 속에서
나는 자신을 분해했다.
중질에서 경질로,
진한 마음은 얇은 휘발로 흩어지고
사라지기 쉬운 것들만 남았다.

필름이 끊겼다.
빛을 삼킨 어둠 속에서
누구도 끝을 말하지 않았다.
기억과 욕망은
투영되지 못한 채 스크린 뒤에 남았다.

수소, 헬륨, 리튬, 베릴륨…
외운 것들은 많았지만

사랑 하나를 기억하지 못했다.
정리는 했으나
정리되지 않은 것들이 있었다.

고구려, 발해, 연해주 —
지도 위에선 지워졌지만
내 마음 안에선
여전히 형제였고,
여전히 우리 땅이었다.

감동이 아닌 공식으로,
쾌감이 아닌 체계로,
나는 살아왔다.
그러나 언제나
허구가 더 따뜻했다.

무엇이 진짜였는지
확신하지 못한 채,
그물처럼 엉킨 감정과
모조품 같은 진실 사이에서

잠시 숨을 고른다.

기억은 존재의 증거인가,
아니면 단지, 의미의 잔상인가.
지금도 반복되고 있는 지금,
그 안에서
나는 내가 누구였는지를 묻는다.

유예된 죽음의 흔적으로,
삶은 반복적 현재에 머물렀다.
몸은 기억을 흔들며
잊히지 않기 위해
땀비 쏟은 방열복防熱服을 벗고 있다.

* 제련(製鍊) : 광석을 용광로에 녹여서 함유된 금속을 뽑아냄.
* 나프타(Naphtha) : 석유, 콜타르, 함유 셰일 등을 증류하여 얻는 탄
  화수소 혼합물. 750~850℃의 온도에서 열분해 하여 에틸렌, 프로
  필렌, 벤젠 따위를 만드는 공정을 이른다.

니체, 구시렁거리다

모든 것은 가고 모든 것은 온다.

탈피脫皮 못하는 뱀은 죽는다.

세론世論과 더불어 생각하는 사람은
스스로 눈을 가리고, 귀에 마개를 하고 있는가.
그래서 하나를 버리고 다른 것을 바라며
무서운 것으로 자란 것인가.

그렇게 인비인人非人으로 가고 싶었는가.

인간이라는 굴레가 형벌刑罰인데
명령과 억압으로 복종을 추구하니
당신의 형刑을 높이는 불이 되었다.

모두가 가면을 사랑한다.
평범이라는 우수한, 가장 적합한 가면을.

* 인비인(人非人) : 사람과 사람이 아닌 이를 아울러 이르는 말.
  인간과 인간이 아닌 신(神)이나 반신(半神)을 이름. 초인(超人).

어떤 제원

구성:몸-기관, 조직, 세포

정신:지성, 감성, 사랑

재질:단백질 위주의 탄소 화합물, 고깃덩어리

일반 구성품:머리카락 110,003개

근육:600개

뼈:206개

도상 속도:8Km/H

연료소모율:음식물 600Kg/연간, 지성, 감성, 사랑 자연
소모

표피면적:$2.4m^2$

피:$4.6\,l$

물:$40\,l$

장(腸)의 길이:6.2m

최대 머리 회전수:4,000 RPM

총중량:60Kg

엔진(심장) 박동수:4,800회/H

전원(신경자극) 속도:360Km/H

점등(눈 깜박) 횟수:30,000회/일

최대 생산 능력:69명/평생

제작사:KOREA

모델명:우랄 알타이 어족. 몽골계. 퉁구스 한민족

특성:온순, 지적(知的)이며, 순간 강경, 완고하기도 하며,
　　유머러스하고, 다정다감함.

최대마력:0.2HP

분사압력:80 PSI

부분품 분해조립:가능

오일치환 및 배수:가능

주전원:추억과 상상. 그리고 돈 약간

충전장치:사랑과 정서

공용화기:팔. 다리. 머리

특수화기:29개의 영구치(永久齒). 외모

전장:1,640mm

가청주파수(청각):20~20,000Hz

창문을 열면

새벽녘 베란다 창문을 여니
기괴한 귀신 우는소리가
아파트 단지에 울리고 있다.

층간소음 보복으로 복수하는 것인가 보다.
눈[目]에는 눈[目], 이[齒]에는 이[齒].
배려도 대화도 없으니.

지지자支持者와 저주자詛呪者들의
소음이 주말을 휩쓸고.
흑과 백, 그리고 회색빛 늑대와 여우들.

왕 세종世宗을 저주詛呪할 것인가
연산[燕山君]을 지지支持하겠는가
저주받은 선善이건, 축복받은 악惡이건.

무지개다리를 건너봐야 땅이 그리울 것이고
흑백청홍황黑白靑紅黃의 오방색이 아닌
빨주노초파남보 역사로 남는 것.

대봉감[大峯枾]

우리의 봄은
언제나 남쪽에서 왔으며
어둠은 북쪽에서 시작되었다.

떫고 설익은 풋감이
여린 잎들의 눈물을 받아
꽃의 밝음을 얻어먹으며

누구나 올려다보길 바라는
번드르 윤기 나는 햇살 아래
맨 꼭대기에 섰구나.

너그러운 농부는
따기 힘들어 남겨둔 것이 아니라
하늘의 뜻을 알고 남겨두었지.

빛나게 잘 익었어도
어차피 너는 까치밥.

비 오는 날의 산책길

비 오는 날,
조용히 밟히는 것들이 있다.
우산 끝에 걸려오는 거미줄 한 올,
풀숲 개구리의 졸린 속삭임,
물웅덩이를 돌아 나오는
달팽이와 지렁이의 고요한 생존.

가로등 불빛이 사그라들고
멈칫하던 발걸음마다
살아 있는 것들의 작은 숨결이 닿는다.
나는,
늘 가던 그곳까지
조심스레 다녀와야만 한다.

비는 끊임없이 내리고
내 마음은 어지러이 흩어지다,
어느샌가 평안 속에 잠긴다.

기쁨이 피어나면
그 속엔 늘 아름다움이 있다.

푸르스레한 새벽,
가랑비를 가르며 걷는 이 길은
기분 좋은 하루의 시작이다.

오리와 오리구름

허우룩한 봄날
파란 하늘이 내려앉은
잔잔한 수면에
오리구름 외로이 떠 있네.

호숫가 청답靑踏하던 오리
뽀얀 깃털
노란 발
넙적한 부리
괘액 괘액
꽁지 흔들며
물로 들어선다.

오리구름 본 듯 만 듯
유유히 지나치니
비껴가는 잔물결에
오리구름 퍼덕이고 있구나.

3부

바다의 서정抒情

나는,
아쉬운 사랑과 안녕을 고하며
바다를 떠나왔다.

그 바다는
나를 울린 슬픔의 바다가 아니었다.

검은 하늘 아래,
거센 풍랑에 휩쓸리며
사랑도,
슬픔도,
나 자신마저도
모두 잊어야 했다.

숨 막히는 불안 속에서도
살아야 했다.
땀 젖은 한숨을 삼키며
끝내 버텨야 했다.

그러나,

어느 순간,
하늘은 열리고
빛나는 별들이 길을 비췄다.

뭍내음이 다가오고,
저 멀리 불빛이 손짓했다.

그곳에는
정겨운 풍경,
설레는 만남이 기다리고 있었고,
사랑은 다시 불을 밝혔다.

그때,
바다는 내게 속삭였다.

"헤어짐은,
새로운 만남을 위한 것.
떠난 그 길 위에도
추억은 파도처럼 이어지리라."

나는 알았다.

바다는 언제나
이별을 품고,
사랑을 키우는 곳.

영원의 서정이
머무는 자리임을.

경고의 계절

하늘이 끓고,
땅이 숨을 토합니다.

이 계절의 이름은,
더 이상 '여름'이라 부를 수 없습니다.

백 년을 살아낸 이들의 지혜도,
백 년을 침묵해 온 죽은 자들의 기억도,
이 뜨거운 바람 앞에
말을 잃습니다.

산 자든,
죽은 자든,
존경이라는 이름으로
우리는 그들을 기억해야 했습니다.

에메랄드빛 바다,
숨 쉬던 푸른 하늘,
생명이 노래하던 그 풍경은
이제 위태로운 추억이 되어갑니다.

최선은 어디에 있었을까요.
최악은 어디서 시작됐을까요.

사람은,
조금 힘들었을 뿐이었습니다.
하지만 자연은
넉넉하게 우리를 안아 주었습니다.

대지는 품었고,
하늘은 덮어주었습니다.

그러나 그 따뜻함을 우리는,
욕망으로 갚았습니다.

편리함이라는 이름의 탐욕,
발전이라는 얼굴의 방종이
이제 우리를 향해
불을 토합니다.

그래도
이 여름이 가장 시원했다는 말,
감히 할 수 있을까요?

뜨거운 하늘,
끓는 땅.

지나온 시간보다
다가올 시간이
더 두렵습니다.

이것은 자연의 분노가 아니라,
마지막 사랑의 경고입니다.

노을길에 서서

가을 하늘이 오늘따라 유난히 맑습니다.

외로움의 온기를
방 안 가득 남겨두고
그리움 하나
살짝 가슴에 품습니다.

멈춰 있던 내 시간 속,
그 오래된 추억이 다시 흐르기 시작하면
나는 따스한 별 하나 찾아
노을길을 천천히 걸어갑니다.

어느덧 해거름,
서쪽 하늘은 고운 붉음으로 물들고
햇살은 포근히 하루를 마무리합니다.

어릴 적부터
저 붉은 해를 두 손 가득 안아
따뜻하게 품고 싶었습니다.

그때처럼,
맑고 고운 사람이
오늘따라 유난히 그립습니다.

가을을 건너는 음악

바람이 목 놓아 우는 날,
구름은 그 울음에 박자를 맞추지만
저 달은 홀로 고요히 빛을 감당한다.
하늘의 자식이라는 이름 아래
끝내 서로를 다 품지 못한 채.

무소식은 가장 깊은 회답,
무관심은 또 다른 연민.
떠남은 한순간이지만
버림은 긴 침묵의 수련.
사랑도, 인생도, 욕망도,
스스로의 그림자까지.

가을은 한 번의 마른기침으로
낡은 시간을 밀어낸다.
가을의 남자는 놓친 기차의 꼬리에서
긴 밤의 싸늘한 입김을 들이켠다.

고요히 사유하는 영혼은
안으로 스며드는 어둠을 품고,

슬픔 속에서 비로소 길을 찾는다.
알과 번데기, 고치와 애벌레를 거쳐
수차례의 깨어남 끝에
나비로 오르는 무한한 변신.

정지 없이,
끝남은 새로운 날갯짓.
빈 하늘을 흐르던 음악은
내 안에서
다시 시작된다.

11월의 길

삶의 짐을 벗고,
조용히 스며드는 바람 따라
갈 수 없는 길을 걷는다.

되돌아올 수도 없는 길,
그 끝에서 너희들은 환하다.
잃어버린 연약한 시간의 꿈이
낙엽처럼 내 발끝에 흩어진다.

천만 근의 삶의 무게를
한 줌의 숨결로 털어내던 날,
밤부엉이 울던 그 어둠 속에서
나는 너를 업고, 또 안고 지새웠다.

거리마다, 숲마다
잊음의 서러운 빛깔이 번지고,
그 속에서 나는 문득,
살아 있다는 슬픔보다
사랑했다는 따뜻함을 기억한다.

다시 뛰는 대한민국

새벽이 밝아오는 그 순간,
어두운 하늘을 뚫고 빛이 비치니,
어제의 아픔을 딛고 일어선 우리의 발걸음,
다시 뛰는 대한민국, 오늘을 향해 나간다.

거친 바람 속에서 꺾이지 않던 꿈,
수많은 실패도 우리를 막지 못했다.
한 걸음씩, 또 한 걸음씩,
우리는 다시 일어나, 미래를 향해 달린다.

거친 땅을 지나, 구름을 넘고,
우리의 손끝엔 희망이 자라난다.
다시 뛰는 대한민국,
그 누구도 멈출 수 없는 힘,
우리가 만든 기적, 우리가 만드는 내일.

어떤 이야기

옛날에
한 소녀가 있었습니다.
까만 눈에 초롬한 입술
하얀 이마에 몇 올의 머리칼이
흘려진
그 모습을 한 소년은 사랑했습니다.

어느 사랑이 움트는 계절에
둘은 만났습니다.
사랑은 솜사탕처럼 부풀어만 갔습니다.

그러던
어느 날 사랑하는 소녀가 떠났습니다.
이름 모를 병 때문이라고들 했습니다.
그날은
낙엽이 지는 가을 저녁이었습니다.
소년은 무덤 앞에서 한없이 울었습니다.

옛날에
한 소녀가 있었습니다.

그리고는
무덤 하나도 있었습니다.
그 앞에
흰 수염이 날리는 한 노인이 서 있습니다.

가을 저녁입니다.
낙엽이 집니다.
하나
　　또 하나
　　　　그리고 둘
　　　　　　또 하나
　　　　　　　　하나
　　　　　　　　　　하나……

겨울로 가는 영혼

아름다운 세상을
그려왔던 꿈,
다 그리지도 못할 것 같아
건전한 생각
튼튼한 정신
바른 행동도
세상을 보듬고 업고 사는 길.
힘들지
등지고 살아 봐.

장국밥 한 그릇으로
하루를 맡기는 노동의 새벽은
그래도 살아있음을 느끼고
빈 논,
허수아비가 걸친 옷이 더 새것이라
빌려 입고 길 가오.

사랑 구함

외로움에 지쳐
싱글 카페에 가입해 모임에도 나가보고

관심을 받으려고
댓글로 쪽지로 알랑방귀도 뀌어보았습니다.

작달막한 키에 평범한 모습의 홀아비
몸 앞뒤로 사랑 구인 광고를 걸고
샌드위치맨도 해 보았어요.

이제 생활정보지에 광고를 냅니다.
사랑 구함
내 돈을 사랑해 줄 인연(因緣).

너 없는 겨울

눈 내린 길 끝에,
네가…
서 있을 것만 같았어.

펄펄 내리는 눈 속을,
나는…
하염없이 걸었지.

한때의 너는,
햇살에 반짝이던 눈송이처럼
참… 예뻤는데.

지금,
추운 게 아니야.
그저…
너 없는 삶이,
너 없는 하루가,
시린 거야.

하얀 입김 사이로
너의 이름을 불러봤어.

하지만…
돌아오는 건
얼어붙은 내 눈물뿐이었지.

기억 속 너는
언제나…
미소 짓고 있는데,

왜 나는
이토록…
울고 있을까.

겨울은,
언젠가…
가겠지.

그렇지만
너 없는 이 계절의 목마름은
끝날 줄을 몰라.

간벌間伐의 비가悲歌

빗줄기 속에서
바람이 울음을 깎아낸다.

벌채의 칼끝 아래
새빨간 잎들이 꽃처럼 산산이 흩어지고
쿵, 쿵, 쩌억―
우수수, 한 세상 무너진다.

봄마다 내 수액을 짜내가던 손길,
양분도 햇빛도 받지 못한 서러움,
장수풍뎅이와 사슴벌레마저
내 옹이 진 살을 외면했다.

비의 심장을 두드리는
그 깊은 비명.
성숙림을 위한다는 이름으로
강하고 튼실한 것만 남겨지는 숲.

그러나
슬프고 외면받는 것들이여,
너희의 어둡고 서러운 숨결이야말로—

이 숲을 끝내 푸르게 지탱하는
가장 깊은 생명의 울음이니.

통일

꿈이더냐 생시더냐
어절씨구 저절씨구
이선생도 부르시오 오늘의 축가를
김화가도 그리시오 얼싸안은 우리를

형이더냐 아우더냐
걷어내라 울타리를
풀어내라 응어리들

하나에
하나가 붙어
더 큰 하나가 되는 거다.

인생人生

나
너
그것

태어나
살다가
죽었다.

석탑石塔
　- 감포 감은사지感恩寺址에서

바다를 펴고 누운 구릉
땅을 딛고 받쳐 온 하늘
한때는 불佛이었고
빚어진 말들이었을 모습
천근불심天根佛心을 안고
소리를 눌러
기원祈願을 얹고
믿음을 쌓아
경건敬虔을 올리고

불심佛心은
침묵으로 자라나 이끼를 키우고
침묵은 삭혀져 검은 꽃 피우고

바람 한 줄기 사귀고자
풀잎 하나 키우고자
말 없는 가슴
열릴 문이 아니다
시간에 갇힌
소망所望들은 잠을 자고

외치고 싶은
부르고 싶은
머리를 들라
눈 끝에 번져오는 노을
돌 틈으로 머금은 역사의 사연事緣들
해
 달
  별
   산
    들
     풀
그리고 말들
무엇이 스치고
무엇이 차 있는가

떠나면 서러운 몸들이여
버티고 견디어 온 넋 앞에
침묵하라
말 없음에

* 천근(天根) : 하늘의 맨 끝을 상상하여 일컫는 말

겨울 속에서

추운 겨울이 오면
모든 이가 불쌍해 보인다.

두터운 외투
칭칭 감은 목도리
입, 코마저 가리고
앞만 바라보는 갈 길
걸음마다 가쁜 숨.

어기적거리는 움직임에
얹혀져있는 삶의 무게.
날지 못한 꿈이 접혀있는
구부정한 등허리.
고단한 세월을 걸어온 듯
비틀거리는 두 다리.

하늘 향해 오르는 하얀 입김은
구원을 바라는
애절한 기도같이 보여.

아!
이 모진 추위 속에서도
파릇한 새움은 기지개를 켜고
얼어붙은 노래는 타오를 수 있을까.

하얀 그리움

그리움으로 하루를 채우며
텅 빈 시간을 다독인다.
주인 없는 그리움은
이름도, 얼굴도 없이
내 가슴속을 맴돈다.

살을 에는 바람 속에서
너의 숨결을 찾다가
차가운 하늘 아래
멈춰버린 나의 발걸음.

이 하얀 눈길 위에
내가 남긴 건
네가 없는 흔적뿐.

눈은 내리고,
마음은 멈추지 못하고,
너를 부르는 소리만
눈 속에 묻혀간다.

사랑의 色(색)

너를 생각하면
꽃잎 하나씩 마음에 내려앉는다.
무지개를 닮은 그날들,
우리의 시간이 천천히 물들어간다.

사랑은 향기 없이 피어도
가만히 스며드는 빛이었다.
핑크빛 입김 사이로
맑은 눈동자가 나를 비췄고,

너의 온기 곁에서는
내 마음도 거짓 없이 고요해졌다.
그 어떤 말보다 선명한
가슴의 색이 말해주었다.

사랑이란,
내가 너에게 되어가는 시간.
그리고 그 속에서
내가 나답게 피어나는 순간.

그 사람

어쩌다 생겨나
어렵게 태어났다.

힘들게 힘들게 살다가
억울하게 죽었다.

슬프디 슬프다.

사랑은 떠났어도

너 하나만 바라보던 사랑
너밖에 몰랐던 그 사랑
네가 떠나면 숨조차 쉬지 못할 것 같던 날들.

이제는
모든 사람이 눈에 들어오고
모든 존재가 마음에 다가온다.

작은 동물의 눈빛에도
세상의 나무와 바람에도
사랑이 머문다.

나는 다시 사랑하리라.
모두 아끼고, 다시 보듬으리라.

내 시간이 흐르는 동안
이 세상과 함께, 조용히 사랑하리라.

기억의 응결凝結

폐허의 색으로 물든 창 밖,
풍경은 더 이상 대상이 아닌 잔상殘像,
지나간 것들이 아닌
지나가지 못한 것들의 유령.

나는 하루를 우려낸 찻잎처럼 퍼져 있었고,
어린 날의 웃음은
목 없는 인형의 입술에 봉인되었다.
동심童心은 단 하나의 모래알로 구성된 사막,
그 위에선 바람조차 제 이름을 잃는다.

양심良心이라 불리던 것은
이중 나선螺線의 언어로 감긴 회색 베틀,
실패한 짜임새 속에서
무늬 없는 진실이 비명을 삼킨다.

추억追憶은 벽지 속 틈새에 들러붙은 먼지,
말라붙은 수맥水脈을 타고
가끔 흐느끼는 소리로 돌아온다.
그러나 그것이 나였는지

혹은 단지, 구겨진 날짜였는지는 아무도 모른다.

나는 이름을 반납한 채
거울 대신 검은 유리컵에 나를 비추었고,
그 속엔 녹슨 종소리와
시들지 않는 사과沙果가 억지웃음을 흘렸다.

지금 이 풍경은
불붙은 눈사람의 뼛조각,
증발한 건 단지 물이 아니라
우리가 한때 존재했다는 증거일 뿐.

4부

달밤의 절멸론絶滅論
– 어느 사형수의 회한悔恨

돌아갈 곳이 있는 새는 외롭지 않다.
우주의 미천한 부산물로 만들어져
빛도 어둠도 없는 그곳으로 돌아가는 삶.

절망의 끝은 아무것도 없다.
생각도, 형체도, 빛도, 어둠도, 티끌도
그저 무無, 공空, 허虛.

뼈를 빌려 살았다.

* 절멸론(絶滅論) : 영혼절멸론(靈魂絶滅論). 악한 사람은 내세(來
世)에 가서 없어질 것이라고 보는 이론.

무위자연 無爲自然

살아 보니 그러하더라.

산다는 것 자체가
고뇌苦惱이고, 고독孤獨인걸.
혹시나 하면 역시나.

돌처럼, 물처럼,
구르는 대로, 흐르는 대로
가야 하더라.

인생에, 사랑에,
답도 없고, 대책도 없는 것.
답이 있다면 누가 현실에 살겠는가.

살다 보니 알겠더라.
남은 날들을 어떻게 살아야 하는지.

미지未知의 길, 불확실의 세계.
태양이 뜨고, 자연이 숨 쉬는 한,
이게 행복이라는 불씨로 평생 사는 거야.

* 무위자연(無爲自然) : 사람의 힘을 더하지 않은 그대로의 자연.
인위적인 삶을 배척하고 순리를 따르는 삶.

소실점消失點

두 직선이
끝없이 달려가다
허공의 한 점에서 겹쳐진다.
그러나, 그 점은 없다.
환영幻影의 수평선, 눈의 망각妄覺.

피는 흘렀다.
심장도, 사랑도
그러나 다다르지 못한 지점은
그리움이 응고된 채
죽음처럼 피어난다.

삶의 끈은 푸르다.
그러나 너무 팽팽해
끊어질 듯하며
꽃은 눈물로 개화開花한다.
마침내 시들기도 전에.

별들은 무너지고
유성流星은 스스로의 불에 타며

블랙홀*Black Hole*은 그 모든 것을 삼킨다.
그곳에서 우주는
자기 자신을 몰래 바라본다.

통일은 균열이고
분열分裂은 기묘한 합일슴―이다.
합치슴致는 흩어짐을 내포內包하고
이견異見은 진실의 반쪽을 삼킨다.

소실점消失點은 결국
우리의 허공인가.
묻어가야 하나.
지평선 너머
만날 수 없는 것들과 함께.

* 소실점(消失點) : 평행한 두 직선이 멀리 가서 한 점에서 만난 것
  처럼 보이는 점.
* 블랙홀[Black Hole] : 질량이 아주 큰 별이 진화의 마지막 단계에서
  자체 중력에 의해 스스로 붕괴되어 강력하게 수축함으로써 엄청난
  밀도와 중력을 갖게 된 천체.

바람과 구름 그리고 별이 있는 집

나는
사람이 떠난 자리에 머문다.
한때 살았고, 울었고, 죽었던 곳들.
지금은 바람만 드는 집을 찾는다.

값은 싸고, 기억은 많고,
흉터처럼 남은 벽지를 원한다.
피 튄 천장, 날 선 도끼 자국,
지나간 살인도, 개 튀김 식사도
시간이란 무덤에선 다 고요하다.

로또를 맞았다.
사실 그럴 리 없지.
다만, 그런 척하고 싶을 뿐이다.
도박처럼 산 삶의 보상쯤은
폐가廢家 하나면 족하다.

천장은 무너져도 좋고
문은 삐걱대도 된다.
구렁이 한 마리쯤은 함께 눕자.

바람은 아직 드나들고,
별은 제멋대로 박혀 있으니.

끔찍함이 평범한 세상.
나는,
무언가가 있어선 안 되는 집을 산다.
거기, 바람과 구름 그리고 별이 있기에
아무 일도 없이, 살아볼 것이다.

나는 누구인가

형이상학形而上學이
형묘인가.
형이하학形而下學이
우위인가.
보이지 않는 것과
손에 잡히는 것,
그 둘은
서로를 비춘다.

악惡을
악惡으로 대응하는 한,
고통은
끝나지 않는다.
칼은
칼을 치유하지 못한다.
상처는
상처로 덧나간다.

욕망을
멈출 수 있는

지혜를
내 안에서,
조용히,
나를 만들자.
움직이는 나를
지켜보는
또 다른 나.

부단한 노력으로
나를 이기는 자.
그가
진정한
승리자다.
타인을 넘기보다
나를 넘어서야 한다.

생生은
있다가도
없다.
지나가는 바람 같고

스며드는 햇살 같다.
자연의 생生은
가꾸기 나름이다.

형이상形而上은
하늘을 닮고,
형이하形而下는
땅을 닮는다.
하늘과 땅 사이,
나는
묻는다.

나는
누구인가.

* 형이상학(形而上學, metaphysics) : 눈에 보이지 않는 본질과 존재,
  궁극적인 실재에 대한 사유.
* 형이하학(形而下學, physics 또는 자연학) : 형체를 갖추어 나타
  나 있는 물질.

안개의 길에서 배우다

신은 인간을 만들었지만,
인간은 스스로 악惡을 키웠다.

풀잎은 바람에 흔들리고,
비 앞에 고개 숙인다.
기회만 노리는 삶,
끝내는 스스로를 잃는다.

비겁함은 잠시를 살리지만,
용기는 영원을 남긴다.

칼이 된 언어,
독毒처럼 번지는 갑甲질.
그러나,
우리는 인간다움을 잃지 말아야 한다.

아침 안개가 옷고름을 풀 듯,
삶 또한 덧없다.

그러니,
오늘의 순간을 바르게 살아내는 것.
그것이 참된 길이다.

백골관白骨觀

어느 날 거울처럼 맑은 정신으로
가장 아름다운 얼굴을 바라본다.
그 미소도, 그 살결도
시간 속에 사라질 운명임을 안다.

피는 식고, 살은 어둠을 불러
벌레의 길이 되고, 바람에 삭아내려
마침내 하얀 뼈 하나,
침묵으로 남는다.

나는 그 뼈를 관觀한다.
욕망은 불꽃처럼 사그라지고
애착은 먼지처럼 흩어진다.
이름도 없이, 형상도 없이
진실 하나만이 숨 쉬는 곳.

밤의 묘지에 선다.
누군가의 마지막 숨결이
내 발밑의 흙이 되었을 그 자리에서,
나는 나의 끝을 미리 건너본다.

그대여, 그대의 몸속에는
햇살이 흐르지 않고
고름과 피, 똥과 오줌이
이 세속의 진실처럼 잠들어 있다.

무엇이 그리 눈부셨던가.
몸은 다만 흙과 물, 열과 바람,
꿈결처럼 사라질 요소들뿐.

나는 오늘도 관觀한다.
사라짐을 응시하며
영원한 집착을, 조용히 놓는다.

진실眞實

진실은
소리치지 않는다.
다만 오래 남는다.

성실한 진술의 문장 사이,
체험으로 눌어붙은 고백의 숨결,
소중히 품어온 아름다움이
비로소 이름을 얻는 자리.

맺을 때는 맺고
끊을 때는 끊는
과단果斷의 칼끝에도
허세 대신 맑음이 서 있다.

번득이는 유머는
비틀린 세상을 향한
연민의 다른 표정,

진실에 화를 낸다는 것은
스스로의 허위를 들킨

마음의 붉은 경보.

단단한 석류알처럼
겹겹이 숨은 속살을 깨고
평범 속에서 반짝이는 씨앗을 캐내는 일,

그리하여
진실한 사랑 하나
진실한 삶 한 줄을 얻기 위해

오늘도 사람은
자기 안의 어둠을 지나
가야 할 길 위에 선다.

처음 가는 날 외롭지 않았으면

시인 장 콕토와
가수 에디트 피아프가
같은 해 같은 날 죽었단다
콕토가 조금 먼저.

글도 예술도 재능 많던 남자
노래마다 사랑받던 여자
재능만큼
사랑만큼
고독도 더 깊었던 그들.

풍요 속의 빈곤
군중 속의 고독.

역시
많아서 넘치는 것일까
양명揚名은 외로움을 동반하는 것일까.

외로운 세상에서
처음 가는 날
외롭지 않았겠지.

* 장 콕토(Jean Cocteau 1889-1963) : 프랑스 시인, 평론가, 소설가, 희곡작가, 발레극본작가, 시나리오작가, 화가, 영화감독. 최후까지 영원한 예술가였지만, 너무 다각적인 재능으로 높은 평가를 받지 못하였고, 자신이 "대중은 오해를 통해서만 시인을 사랑한다"라고 쓴 것처럼 오해의 명성에 싸인 고독한 시인이었다.

* 에디트 피아프(Edith Piaf 1915-1963) : 프랑스 샹송가수, 작사가. 파리태생. 1935년 거리에서 노래로 행인들에게 구걸하다가 데뷔. 온 몸으로 혼을 담아 노래하면서 세계적인 명성을 얻었다. 자동차 사고, 마약중독, 간장장해, 이혼등 생활면에서는 불우하였다. Y.몽 탕, G.무스타키, C.아즈나부르 등을 길러냈다.

자연自然 속에서

푸른 하늘 아래로,
수줍게 피어나는 들꽃들.
그 향기는 바람에 실려,
온몸을 감싸온다.

새소리 바람소리와 함께,
강물은 노래하며 흐른다.
자연은 그 자체로 아름다움이며,
나의 삶에 멋진 시간을 선물한다.

우리는 자연의 일부이며,
그 안에서 다시 태어난다.
자연의 소리에 귀 기울이고,
그 속에서 평안을 찾는다.

밤하늘의 보석 별빛 아래,
마음속 깊이 꿈을 꾸며.
자연이 주는 위로와 희망,
세상은 원래 아름다운 것 우리는 사랑하네.

소망消亡을 위한 소망所望

원하옵고
바라 건데

온 산하를 푸르게 물들여놓고 가는
봄만 아니기를.

마른하늘아래 상심의 땅을 찢어놓는
된 가뭄이 아니기를.

서럽게 내리는 낙엽 위로 춤추며 오는
흰 바람이 아니기를.

뿌리째 뽑혀 동강 난 그루터기에 달린
고드름이 아니기를.

환희도
절망도
슬픔도
아픔도
소망消亡인 채로 간직하게 하소서.

쓸쓸한 오늘

잿빛 하늘 아래
쓸쓸한 오늘,
바람은 차갑고, 마음은 고요하다.

사람들 사이에서도
홀로 서 있는 듯,
어딘가에 떨어진 그림자처럼.

발걸음은 무겁고,
길은 길게 느껴진다.
그리움이 밀려와, 그리워하던 얼굴들.

시간은 느릿느릿 계단階段을 오르고,
오늘은 지나갈 것 같지 않다.
하지만 이 허적虛寂함도 아리다 끝나리니,

아무도 열 수 없는 내일은,
오늘의 쓸쓸함을 품고,
새로운 빛으로 찾아오리라.

11월

낙엽을 밟으면서
그림자 긴 발자국을 이끌면서
가을에 얼굴을 묻고
이제,
겨울로 가야만 한다.

가장 아름답고 황홀했던
단풍의 날들을 기억하기에
옛이야기를 곱씹으며
이제,
겨울로 가야만 한다.

그래서
그래서
11월은 서글픈 달.

가을 고향

가을볕 고향길
가을빛 갈대꽃

가을색 단풍산
논두렁 황금벼

고갯길 서낭당
돌더미 소원탑

동구밖 당산목堂山木
개울가 물오리

울타리 국화향
바람결 종소리

저녁놀 귀갓길
밥 짓는 연기 속

골목길 뛰놀던
그 시절 동무들

지금도 들리듯
정겨운 기억들.

풍요 속의 빈집

하늘에는 온갖 새.
땅에는 벌레와 곤충들의 질서.
물에는 날씬 통통한 물고기들.
그 속에 짐승과 사람, 그리고 인간人間.

세상은 이미 충분했네.
모든 생명에게 나눠줄 만큼의
햇살과 바람, 열매와 물이 있었지.

세상 안에서 살던 악인惡人은
배를 불리고도 허기를 노래했고,
세상 밖에서 살던 무지인無知人은
적당하면서도 만족을 몰랐다.

욕심은 밥보다 먼저였고,
결핍은 만들어진 것이었지.

풍요 속에서,
우리는 빈집을 지어
언제나 스스로를 가두었다.

봄은 강물에 누워
– 임진臨津 나루를 가며

파란 하늘 구름 한 점
너른 들도 오고
연록軟綠 산도 오고
숲 내음 수수꽃다리 향기.

낮닭 우는 한가한 시골길
길섶 도랑물 소리
먼 곳 뻐꾸기 울음이
정취情趣를 더해주는 그윽한 오월.

불어오는 강바람에
벚꽃 잎이 눈부시게 내리고
황홀한 계절은 잡아두고 싶은데
아롱이는 윤슬에 누워 흐르는 봄.

* 임진강:함경남도 덕원군 마식령(馬息嶺)에서 발원하여 남서쪽으로
  흘러 황해로 흘러드는 강. 예로부터 고구려, 백제, 신라의 국경지대
  로 분쟁이 잦았다. 길이 354킬로미터이다.
* 임진(臨津) 나루:파주시 문산읍 임진리 3-1번지 일원에 있는 임진
  나루는 임진강을 건너 북쪽의 진동면 동파리 동파나루와 연결되
  던 나루이다.
  삼국시대부터 조선시대까지 개성과 한양을 잇는 주요 교통로에 위
  치한 나루였다. 조선 건국으로 한양에서 북쪽으로 이동하려거나,
  중국의 사신이 한양을 가기 위해서는 반드시 건너야 했던 나루로,
  임진강을 가로질러 남과 북을 연결하는 곳으로 군사적 요충지였다.

진정한 승리자

전쟁터는 언제나 고요하지 않다,
끝없는 땀과 눈물이 흐르는 곳,
그러나 진정한 승리자는
결코 싸움의 끝에서만 정의되지 않는다.

패배를 거듭해도 일어설 줄 아는 자,
희망이 사라져도 다시 꿈을 꿀 줄 아는 자,
그가 진정한 승리자.
결코 뒤돌아보지 않는 그 길,
그 길 위에서만 찾을 수 있는 강함.

승리는 순간이 아닌,
끊임없는 도전과 인내의 열매,
그 누구도 흔들 수 없는 마음으로
우리는 끝내 웃는다.

비바람 속에서도,
가슴속의 불꽃은 꺼지지 않는다.
그 불꽃이 바로 진정한 승리,
싸움이 아닌, 삶의 끝까지 지켜낸
불굴의 의지에서 피어나는 것이다.

묏등에 앉아

나는 너를
바라보는 데
바람이 분다.

그 바람이
독한 사랑의 향내를
몰아가고 있는 것일까.

내게서 향내마저
싣고 가버리면
어떤 냄새가 남을까.

토해내지 못한
언어들이
어지럽게 흔들리고 있다.

이 밤도
묏등에 앉아
별을 헤어야겠다.

슬픔에 부과_{賦課}되는 죽음

어쩌다 생겨나
태어나라 해서 태어났다.

원치 않는 삶,

'의무교육'이라는 이름의 세뇌,
'청춘'이라는 값비싼 수업료,
'노동'이라는 비정규직 계약.

밥을 먹을 때마다 세금,
죽어서도 땅 한 평 값까지 세금.

삶은 할인받지 못한 고통이었고,
죽음은 면세되지 않는 장례였다.

살아보니
행복은 행사 기간 한정,
불행은 상시 할인 없는 정가였다.

사랑은 결국 영수증 없는 지출이었고,
꿈은 적자만 남는 투자였다.

그렇게 삶을 깎아 먹으며
겨우 버텼는데,
죽음이 마지막 계산서를 내민다.

부가세[附加價値稅] 포함해서.

납세 완료.
인생 종료.

자연과 깊이 교감하며
삶의 기쁨과 슬픔을 온전히 받아들인 서사

김 종 억
시인·문학평론가

프롤로그

이명신 시인의 시는 내면 깊숙이 자리한 그리움, 사랑, 기쁨, 슬픔 같은 감정들을 가장 섬세하고 밀도 있게 표현하는 언어의 결정체라고 할 수 있다. 시인은 언어를 통해 세상과 소통한다. 독자는 그 언어를 통해 시인의 감정을 공유하고 자신의 감정을 돌아보게 된다. 우리가 일상에서 지나칠 수 있는 작은 것들, 예를 들어 풀 한 포기, 바람 한 줄기, 고요한 아침 햇살 속에서도 삶의 의미와 존재의 본질을 찾아내는 예술이다. 단순한 묘사를 넘어 사물의 내면을 들여다보고, 숨겨진 의미를 발견하게 한다. 시는 '

자연의 아름다움'과 '삶의 의미'에 대해 통찰을 제공하는 훌륭한 도구가 된다. 문학 장르 중 특히 시는 단순히 이야기를 전달하는 것을 넘는다. 우리에게 많은 질문을 던지고 생각의 지평을 넓혀 공감해 보는 보물과도 같다. 작품의 깊이를 탐구하는 시론은 그 자체로 또 하나의 창조적인 여정이라고 생각한다. 시는 언어의 운율, 비유, 상징 등을 통해 독자에게 특별한 미학적 경험을 선사한다. 정제된 언어가 주는 아름다움과 깊이는 독자의 마음속에 오래도록 여운을 남기곤 한다.

시인의 시는 우리에게 매일 찾아오는 순간들의 빛과 그늘 속에서 피어나는 다양한 마음의 풍경들을 살며시 펼쳐 보여준다. 바람에 흔들리는 억새처럼, 무위자연 속에서 자연스레 흘러가는 삶의 흐름처럼, 그리고 노을빛에 물든 마음의 그리움처럼. 사랑의 조용한 끝과 어른스러운 기억까지, 우리 삶에 스며있는 감정의 조각들을 한데 모아 담담하면서도 따뜻하게 이야기한다.

문학평론은 이 경이로운 경험을 통해 단순한 감탄에서 멈추지 않고, 그보다 깊이 이해하고 성찰하려는 지적 여정이다. 그것은 한 편의 작품이 지닌 다채로운 의미의 층들을 섬세하게 해독한다. 이어 작가의 숨결이 닿은 의도를 찾아내고자 한다. 시대의 정수와 인간 보편의 진실을 작품 속에서 길어 올리는 과정이다.

이제 이명신 시인이 발굴한 네 번째 시집의 언어의 미로 속으로 들어가 본다. 그 속에서 우리는 작가의 상상력과 마주하고, 시대의 아픔에 공감한다. 궁극적으로는 우리 자신의 내면과 빗대어 들여다보는 귀한 시간을 갖게 될 것이다.

**- 가볍고도 무거운 사랑의 이중성을 담담하면서도
따뜻하게 표현한 서사 – "소꿉장난"**

이 시는 어린 시절 놀이처럼 순수하고 가볍게 시작했던 사랑이 시간이 지나면서 어른의 현실 속에서 '소꿉장난'처럼 느껴지는 순간들을 담담하게 풀어내고 있다.

자기야, 다녀올게
당신 힘들었죠?

당신은 천사야
당신은 하늘이에요

힘들어도
고무신짝처럼
찰떡같이 붙어살던

우리의 사랑은
소꿉장난.

사랑하는 것도
마무리도

꿈속에서 몇 번이고
다시 시작되던
전편의 마지막 장면 같은 이야기

그래도
그때를
사랑해.

– 소꿉장난 「전문」

1. 시의 첫 연에서 '자기야, 다녀올게. 당신 힘들었죠?'라
   는 말에서 서로에 대해 애틋함과 일상의 고단함이 교
   차하며, 현실적이고 따뜻한 감정이 전해진다.

2. '당신은 천사야, 당신은 하늘이에요'라고 부르며, 사랑
   의 대상에 대한 존중과 사랑이 드러나지만, 이어서 '고
   무신짝처럼 찰떡같이 붙어살던 우리의 사랑은 소꿉

장난'이라는 구절에서는 그 순수함과 달리 사랑이 때로는 무겁고도 깨어질 듯한 현실임을 인정한다. 여기서 '소꿉장난'이라는 표현은 사랑이 어릴 적 장난처럼 가볍고 즐거웠던 시절과 지금의 모습을 대비시키며, 사랑의 달콤함과 쓸쓸함이 공존함을 은유하고 있다.

3. '꿈속에서 몇 번이고 다시 시작되던 전편의 마지막 장면 같은 이야기'는 끝난 듯하면서도 계속 반복되는 감정의 굴레를 시적으로 묘사해, 사랑의 복잡한 감정 상태를 섬세하게 그려내고 있다. 그럼에도 '그래도 그때를 사랑해'라고 말하는 부분에서는, 비록 사랑이 현실에서는 어려웠을지라도 그 순수했던 기억과 순간들이 여전히 소중하고 아름답다는 애잔한 마음이 느껴진다.

4. 결론적으로, 이 시는 사랑의 기쁨과 아픔, 그리고 그 모든 것을 포함한 진솔한 감정을 어른의 시선으로 다시 돌아보며 그려낸 작품이다. 가볍고도 무거운 사랑의 이중성을 담담하면서도 따뜻하게 표현한 점이 인상적이다.

- 생동감 넘치는 노을길의 모습을 아름답게 묘사 -
  "문산文山 노을길"

　이 시는 문산천 주변 자연과 일상의 풍경을 생생하게 포착해, 고요하면서도 생동감 넘치는 노을길의 모습을 아름답게 묘사하고 있다.

문산천 뚝방길에 자전거가 달린다
임월교 아래 잉어 떼가 유영을 한다
동문천교 갈대숲에 고라니가 뛴다

반구정에서 노닐던 갈매기가
문산천 하늘로 소풍을 오고,
놀러 나온 귀염둥이들 웃음소리가
뛰노는 천변 광장

걷기 좋은 가로공원에 꽃향기는 흐르고,
저녁노을의 불 속에 서해 바람은
흥건한 개망초들을 춤추게 하고 있다.

- 문산(文山) 노을길 「전문」

1. 시의 첫 연에서 '문산천 뚝방길에 자전거가 달린다'로

시작해, 평범한 일상 속에서 자연과 사람이 어우러지는 모습을 그려내면서 차분한 리듬을 만들어낸다. '임월교 아래 잉어 떼가 유영을 한다' '동문천교 갈대숲에 고라니가 뛴다'와 같이 구체적인 자연 요소들이 등장해 현장감을 높이고, 한 폭의 풍경화를 보는 듯한 느낌을 준다.

2. '반구정에서 노닐던 갈매기가 문산천 하늘로 소풍을 오고' '놀러 나온 귀염둥이들 웃음소리가 뛰노는 천변 광장'에서는 인간과 자연이 함께 어우러지는 따뜻하고 즐거운 장면으로 독자의 마음마저 환하게 만드는 듯하다. 또한 '걷기 좋은 가로공원에 꽃향기는 흐르고 저녁노을의 불 속에 서해 바람은 흥건한 개망초들을 춤추게 한다'는 구절은 감각적 이미지와 함께 노을과 바람, 꽃이 어우러지는 순간을 낭만적으로 표현해, 자연의 생명력과 아름다움을 느끼게 해준다.

3. 전체적으로 이 시는 문산의 노을길과 주변 환경을 섬세하게 포착해, 자연과 사람이 하나 되는 평화롭고 따스한 분위기를 자아내며, 독자에게 잔잔한 위로와 감동을 선사하는 작품이다.

- 사랑과 설렘의 감정이 싹트는 과정을 따뜻하게 그려내 -
"스치는 바람에도 억새는 뒤척인다"

이 시는 아침 산책길에서 마주하는 인물('그녀')을 통해, 경쾌하고 생기 있는 순간과 함께 내면에 일어난 감정의 변화들을 섬세하게 묘사하고 있다.

아침 산책길에 마주치는 그녀,
언제나 가볍고 경쾌하게 달린다

꽃봉오리의 미소를 머금고
달려오는 모습에
무거웠던 발길이 날개를 단다

말꼬리 치듯 흔들리는 뒷머리에
말없이 걷던 외로움이
경중경중 뛰누나

슬그미 다가오는 이 기쁨,
기다림도 스스럼도 없는
이 두근거림은 무엇인가?

길섶의 풀잎들에게

설렘 들킬 것 같아

넋을 찾는 발걸음이 빨라진다.

　　　－ 스치는 바람에도 억새는 뒤척인다 「전문」

1. 시의 배경인 '아침 산책길'은 상쾌하고 맑은 하루의 시
　작을 상징한다. 그곳에서 '그녀'가 '가볍고 경쾌하게 달
　리는' 모습은 단순한 운동 이상의 활기와 자유로움을
　느낀다. 꽃봉오리가 미소를 머금고 있다는 표현은 자
　연의 아름다움이 그녀와 어우러져, 시인의 무거웠던
　마음에 생기를 불어넣는 역할을 한다.

2. '말꼬리 치듯 흔들리는 뒷머리'와 '말없이 걷던 외로움
　이 경중경중 뛰누나'에서는 미묘한 감정의 움직임을 귀
　엽고 생동감 있게 표현했다. 말없이 걷던 시인의 외로
　움이 그녀의 경쾌한 움직임에 따라 활발하게 뛰어다니
　는 모습에서, 고독이 살짝 기쁨으로 옮겨가는 과정이
　은근하게 드러난다.

3. '슬그미 다가오는 이 기쁨', '기다림도 스스럼도 없는 이
　두근거림'은 사랑이나 설렘 같은 감정이 자연스럽고
　솔직하게 피어나는 순간을 담고 있다. 또한 '길섶의 풀
　잎들에게 설렘 들킬 것 같아 넋을 찾는 발걸음이 빨라

진다'는 구절은, 감정이 너무나 순수하고 진솔해서 숨길 수 없다는 느낌을 주며, 시 전체에 산뜻한 긴장감과 생동감이 더해진다.

4. 결론적으로 이 시는 아침의 청명한 자연과 경쾌한 인물의 움직임을 배경으로, 내면의 고독과 기쁨이 시시각각 변화하며 사랑과 설렘의 감정이 싹트는 과정을 사랑스럽고 따뜻하게 그려내고 있다.

- 성숙한 삶의 태도를 담백하고 품격 있게 표현 -
"삶의 미美"

이 시는 고된 삶 속에서도 굴하지 않고 꿋꿋이 버텨온 인생의 여정과 그 끝에 도달한 성숙한 삶의 태도를 담백하고 품격 있게 표현하고 있다.

아등바등(牙等趺等)으로 버텨온 세월,
그럭저럭(可堪) 오늘에 이르렀다

근심(憂慮) 속에서도 뜻을 잃지 않고
곤고(困苦) 속에서도 희망(希望)을 품었으니

이제는

아깝지 않게 즐기고(樂而不惜),
후회 없이 행하며(行而無悔),
감사로 마음을 채우고(以感爲心),
웃음으로 생을 마치라(笑而終生)

이것이 곧
잘 살았다 말할 수 있는
인생의 도(道)요,
가장 멋진 삶의 격언(格言)이다.

– 삶의 미(美) 「전문」

1. 시의 첫 연에서 '아등바등으로 버텨온 세월'과 '그럭저
   럭 오늘에 이르렀다'라는 구절은 고난과 역경을 꾸역
   꾸역 견뎌내 오늘까지 살아왔음을 솔직하게 고백한
   다. 여기서 '근심 속에서도 뜻을 잃지 않고, 곤고 속에
   서도 희망을 품었다'는 문장은 인간이 살아가는 동안
   맞닥뜨리는 어려움 속에서도 포기하지 않고 희망을
   잃지 않는 긍정적 의지를 느끼게 해준다.

2. 이어지는 구절 '이제는 아깝지 않게 즐기고, 후회 없이
   행하며, 감사로 마음을 채우고, 웃음으로 생을 마치라'
   는 삶의 지혜를 함축적으로 전한다. '즐기되 아끼지 말

라'는 태도는 순간순간을 온전히 살라는 의미로 해석할 수 있고, '후회 없이 행하라'는 말은 자기 삶에 대한 주인의식과 용기를 보여준다. 또한 '감사'와 '웃음'으로 마음을 채우고 생을 마무리하라는 충고는 삶의 마지막 순간까지 긍정의 자세를 유지하라는 깊은 깨달음을 담고 있다.

3. 이 모든 문장들이 모여 '잘 살았다 말할 수 있는 인생의 도' 즉, 가장 아름답고 멋진 삶의 격언으로 완성된다. 시는 삶이 고통과 고난으로 점철되었지만, 그것을 이겨낸 내면의 강인함과 결국에는 평화롭고 감사하는 마음으로 마무리할 수 있다는 메시지를 따뜻한 어조로 전달한다.

4. 결론적으로, 이 시는 삶의 무게와 고난을 겪어낸 인간이 마침내 얻는 성숙과 지혜, 그리고 그로 인해 완성되는 인생의 아름다움을 간결하면서도 깊이 있게 포착한 작품이다. 인생을 희망과 감사, 그리고 웃음으로 채우라는 시인의 격려가 마음에 오래 남는다.

- 사회적 갈등과 인간 내면의 이분법적 대립을 함께 묘사 -
"창문을 열면"

이 시는 현대 도시의 일상적 풍경인 아파트 단지의 '층간소음' 문제를 독특하고 강렬한 이미지로 풀어내며, 사회적 갈등과 인간 내면의 이분법적 대립을 함께 묘사하고 있다.

새벽녘 베란다 창문을 여니
기괴한 귀신 우는소리가
아파트 단지에 울리고 있다

층간소음 보복으로 복수하는 것인가 보다
눈[目]에는 눈[目], 이[齒]에는 이[齒]
배려도 대화도 없으니

지지자(支持者)와 저주자(詛呪者)들의
소음이 주말을 휩쓸고
흑과 백, 그리고 회색빛 늑대와 여우들

왕 세종(世宗)을 저주(詛呪)할 것인가
연산[燕山君]을 지지(支持)하겠는가
저주받은 선(善)이건, 축복받은 악(惡)이건.

무지개다리를 건너봐야 땅이 그리울 것이고
흑백청홍황(黑白靑紅黃)의 오방색이 아닌
빨주노초파남보 역사로 남는 것.

    - 창문을 열면 「전문」

1. 시의 첫 연에서 '새벽녘 베란다 창문을 여니 기괴한 귀신 우는 소리'라는 시작은 단순한 소음이 아닌 음산하고 극적인 분위기를 조성해 독자의 시선을 확 끈다. 이는 인간 사이 갈등이 '귀신의 울음소리'처럼 무자비하고 소름 끼치는 것으로 비유되었음을 보여준다.

2. 이후 '층간소음 보복으로 복수하는 것인가 보다'라고 하면서, '눈에는 눈, 이에는 이'라는 고전적 보복 논리를 인용해 현실 속 갈등과 맞대응의 악순환을 직설적으로 드러낸다. '배려도 대화도 없으니'는 이 문제의 비극적 본질인 소통의 부재를 날카롭게 지적하고 있다.

3. '지지자와 저주자들의 소음이 주말을 휩쓰는' 장면에서, 시인은 단순한 층간소음을 넘어 사회 안팎에서 서로 편 가르기 하며 대립하는 집단 간 갈등을 암시한다. '흑과 백, 회색빛 늑대와 여우들'이라는 이미지로 선과 악, 그리고 그 경계의 모호함과 교활함까지 상징

적으로 표현했다.

특히 '왕 세종을 저주할 것인가 연산군을 지지하겠는가'라는 역사적 인물 대비는 선과 악, 옳고 그름의 상대성을 재치 있게 연결하며, 현실의 갈등 속에서 어떤 편을 들 것인지 선택의 딜레마를 보여준다. '저주받은 선이건, 축복받은 악이건'이라는 구절은 이분법적 판단이 무의미함을 암시하며, 갈등의 복잡성을 드러낸다.

4. 마지막 '무지개다리를 건너봐야 땅이 그리울 것이고⋯ 빨주노초파남보 역사로 남는 것'에서는 단순한 흑백 논의를 넘어서 다양한 색깔들, 즉 다채로운 삶과 역사의 스펙트럼으로 확장시키며, 어느 한쪽으로 쉽게 규정할 수 없는 현실을 인정하는 듯한 여운을 남긴다.

전반적으로 이 시는 층간소음이라는 일상적 사회 문제를 출발점으로 삼아, 인간과 사회의 갈등을 보여준다. 그 안에서 벌어지는 선악의 복잡한 문제들을 역사적, 상징적으로 풀어내며 독자에게 깊은 사유를 불러일으키는 작품이다. 직접 경험하는 일상의 갈등이 이렇게 넓고 깊은 문제로까지 확장될 수 있다는 점이 인상적이다.

- 따스한 추억의 감정을 부드럽고 따뜻하게 그려내 -
"노을길에 서서"

이 시는 가을 노을길이라는 자연 풍경을 배경으로, 그리움과 외로움, 그리고 따스한 추억의 감정을 부드럽고 따뜻하게 그려내고 있다.

가을 하늘이 오늘따라 유난히 맑습니다

외로움의 온기를
방 안 가득 남겨두고
그리움 하나
살짝 가슴에 품습니다

멈춰 있던 내 시간 속,
그 오래된 추억이 다시 흐르기 시작하면
나는 따스한 별 하나 찾아
노을길을 천천히 걸어갑니다

어느덧 해거름,
서쪽 하늘은 고운 붉음으로 물들고
햇살은 포근히 하루를 마무리합니다

어릴 적부터

저 붉은 해를 두 손 가득 안아

따뜻하게 품고 싶었습니다

그때처럼,

맑고 고운 사람이

오늘따라 유난히 그립습니다.

1. 시의 첫 연에서 '가을 하늘이 오늘따라 유난히 맑다'
는 표현은 시 전체에 맑고 맑은 정서를 깔며, 그 배경
위에 감정이 자연스럽게 피어나는 분위기다. '외로움의
온기를 방 안 가득 남겨두고'라는 구절은 외로움이 차
갑거나 쓸쓸한 느낌보다는 어딘가 포근하게 다가오는
감정임을 보여준다. 그리움 하나를 조용히 가슴에 품
는 모습에서 삶의 소중한 기억이 아직 마음 깊은 곳에
살아 있음을 알 수 있다.

이어 '멈춰 있던 내 시간 속 오래된 추억이 다시 흐
르기 시작하면'이라는 부분은 과거의 좋은 순간들이
다시 현재의 마음에 찾아와서 감정의 흐름을 만들어
낸다는 뜻으로 감상적이고 서정적인 느낌을 준다. '나
는 따스한 별 하나 찾아 노을길을 천천히 걸어갑니다'

라는 점에서 그리움과 희망이 눈부시게 빛나는 한 점
의 별과 노을길에 투영되어, 시인의 내면 여정을 부드
럽게 묘사한다.

2. 노을이 '서쪽 하늘을 고운 붉음으로 물들이고, 햇살이
   포근히 하루를 마무리한다'는 장면은 하루의 끝자락,
   마치 한 편의 따뜻한 이야기처럼 이 시를 부드럽게 감
   싸며, '두 손 가득 안아 따뜻하게 품고 싶었다'는 순수
   한 소망은 유년 시절의 순수함과 현재의 그리움을 결
   합해 시의 감성에 깊이를 더한다.

3. 마지막으로 '맑고 고운 사람이 오늘따라 유난히 그립
   다'는 구절에서, 단순한 자연 묘사를 넘어 인간의 깊
   은 정서적 연결과 애틋함이 살아 있음을 느낀다. 전반
   적으로 이 시는 자연과 감정이 조화롭게 어우러져, 따
   뜻함과 쓸쓸함 사이를 유려하게 오가는 서정시의 아
   름다움을 잘 보여준다.

- 애틋하고 쓸쓸한 그리움의 감정을 섬세하게 묘사 -
"하얀 그리움"

이 시는 '하얀 그리움'이라는 제목처럼 순백의 눈 풍경
을 배경으로, 애틋하고 쓸쓸한 그리움의 감정을 섬세하

게 묘사하고 있다.

> 그리움으로 하루를 채우며
> 텅 빈 시간을 다독인다
> 주인 없는 그리움은
> 이름도, 얼굴도 없이
> 내 가슴속을 맴돈다.
>
> 살을 에는 바람 속에서
> 너의 숨결을 찾다가
> 차가운 하늘 아래
> 멈춰버린 나의 발걸음
>
> 이 하얀 눈길 위에
> 내가 남긴 건
> 네가 없는 흔적뿐
>
> 눈은 내리고,
> 마음은 멈추지 못하고,
> 너를 부르는 소리만
> 눈 속에 묻혀간다.
>
> - 하얀 그리움 「전문」

1. 시인은 첫 연에서 '그리움으로 하루를 채우며 텅 빈 시간을 다독인다.'라며 자신의 마음 상태를 고요하지만 깊은 외로움으로 표현한다. '주인 없는 그리움'이라는 구절은 명확한 대상이 없거나 만나지 못하는 사랑에 대한 아련함과 무형의 감정을 상징한다. 이 그리움은 '이름도, 얼굴도 없이' 가슴속을 맴돌아 더욱 쓸쓸한 느낌을 준다.

2. '살을 에는 바람 속에서 너의 숨결을 찾다가'라는 표현은 구체적인 추위와 감정을 동시에 느끼게 하여, 그리움이 얼마나 몸과 마음에 깊숙이 와닿는지를 잘 보여준다. 차가운 하늘 아래 '멈춰버린 나의 발걸음'은 멈출 수 없는 감정의 무게에 짓눌리는 심경과 정체된 시간 감을 상징한다.

3. '하얀 눈길 위에 내가 남긴 건 네가 없는 흔적뿐'이라는 대목은 누군가와의 부재를 냉정하게 마주하며, 그리움 속에 남겨진 허전함과 공허함을 명확하게 드러낸다. 이와 연결된 '눈은 내리고, 마음은 멈추지 못하고, 너를 부르는 소리만 눈 속에 묻혀간다'는 묘사는 끝없이 반복되는 그리움의 고통과 그 속에서 잊혀져 가는 사랑의 목소리를 서정적으로 그려낸다.

4. 결론적으로 이 시는 하얀 눈이라는 시각적 이미지를 통해 정서적 공허와 고독, 그리고 사라지는 사랑의 흔적을 아름답고 애잔하게 표현하고 있다. 보는 이로 하여금 차가운 겨울 속에서도 따뜻한 감정이 살아 숨 쉰다는 느낌을 주는 동시에, 그러한 감정이 주는 아픔과 그리움에 깊이 공감하게 만드는 작품이다.

- 삶의 본질과 태도를 묵직하게 탐구 -
"무위자연無爲自然"

이 시는 '무위자연無爲自然'이라는 동양 철학적 개념을 바탕으로 삶의 본질과 태도를 묵직하게 탐구하고 있다. '무위자연'은 인위적인 힘을 쓰지 않고 자연의 이치에 따르는 상태를 의미하는데, 시는 이러한 삶의 자세가 고뇌와 고독을 피할 수 없는 현실 속에서 어떻게 지혜롭게 살아가는지를 보여준다.

살아 보니 그러하더라

산다는 것 자체가
고뇌(苦惱)이고, 고독(孤獨)인걸
혹시나 하면 역시나

돌처럼, 물처럼,

구르는 대로, 흐르는 대로

가야 하더라

인생에, 사랑에,

답도 없고, 대책도 없는 것

답이 있다면 누가 현실에 살겠는가

살다 보니 알겠더라

남은 날들을 어떻게 살아야 하는지

미지(未知)의 길, 불확실의 세계

태양이 뜨고, 자연이 숨 쉬는 한,

이게 행복이라는 불씨로 평생 사는 거야.

- 무위자연(無爲自然) 「전문」

1. 시의 초반부에서 '산다는 것 자체가 고뇌이고, 고독인
   걸'이라는 고백은 삶의 고통과 외로움을 솔직하게 드
   러내면서도, 멈추지 않고 '혹시나 하면 역시나'라며 현
   실의 불확실성을 받아들이는 태도를 표현한다. 여기
   서 '돌처럼, 물처럼, 구르는 대로, 흐르는 대로 가야 하
   더라'는 구절은 인위적인 힘을 내려놓고 자연의 흐름

에 자신을 맡기는, 무위자연의 삶을 은유적으로 나타낸다.

2. 또 '인생에, 사랑에, 답도 없고 대책도 없는 것'이라는 문장은 인간의 내면적 갈등과 불확실성, 그리고 명확한 정답이 없다는 인식을 담고 있다. 이는 오히려 삶의 진짜 모습이며, '답이 있다면 누가 현실에 살겠는가'라고 하며 현실을 직시하는 현실주의적 통찰을 보여준다.

3. 마지막으로 '남은 날들을 어떻게 살아야 하는지' 깨닫고, '미지의 길, 불확실의 세계' 속에서 '태양이 뜨고, 자연이 숨 쉬는 한, 이게 행복이라는 불씨로 평생 사는 거야'라는 구절에서는, 불확실과 고단함 속에서도 자연과 삶의 흐름을 인정한다. 그 자체를 행복의 근원으로 여기는 긍정적이고 평화로운 삶의 태도가 담겨 있다.

4. 결론적으로, 이 시는 무위자연의 철학을 바탕으로 삶의 고뇌와 고독, 불확실성 속에서 자연의 흐름과 현실을 받아들이며 살아가는 진솔하고 담백한 태도를 아름답게 그려낸 작품이라고 할 수 있다.

- 밤하늘의 별을 셈하며 성찰하는 모습을 담담하면서도
  섬세하게 그려낸 작품 – "묏등에 앉아"

　이 시는 '묏등에 앉아'라는 장면과 정서를 중심으로 섬
세한 감정을 담아내고 있다. 먼저 시의 공간적 배경인 '묏
등'은 산등성이나 산마루 같은 자연 속 아늑하고 고요한
자리로, 사람이 잠시 쉬거나 하늘을 바라볼 만한 조용한
곳을 의미한다. 그곳에 앉아 시인은 사랑하는 이를 바라
보며 일렁이는 마음의 한복판에 서 있다.

　　나는 너를
　　바라보는 데
　　바람이 분다.

　　그 바람이
　　독한 사랑의 향내를
　　몰아가고 있는 것일까

　　내게서 향내마저
　　싣고 가버리면
　　어떤 냄새가 남을까

　　토해내지 못한

언어들이
어지럽게 흔들리고 있다

이 밤도
묏등에 앉아
별을 헤어야겠다.

　　　- 묏등에 앉아「전문」

1. 시 속 '바람'은 단순한 자연 현상이 아니라 '독한 사랑의 향내'를 몰아가는 존재로 묘사된다. 바람이 그 향내마저 싣고 가버리면 '어떤 냄새가 남을까'라는 물음은 사랑이 사라진 뒤에 남는 허전함과 공허함에 대한 깊은 성찰로 볼 수 있다. 즉 사랑의 흔적마저 없어지면 마음에 남는 것은 무엇인가, 그 공백에 대한 두려움과 애틋함이 엮여 있다.

2. '토해내지 못한 언어들'이 '어지럽게 흔들리고 있다'라는 부분은 말하지 못한 감정, 표현하지 못한 진실들이 마음속에서 혼란스럽게 일렁이는 상태를 상징한다. 이는 인간 내면의 복잡한 심리를 세밀하게 그려내면서 현실과 감정의 갈등을 담아내고 있다.

3. 마지막 구절에서 다시 '묏등에 앉아 별을 헤는' 모습은 자연과 우주를 마주하며 마음을 가다듬고, 아픔과 고독 속에서도 나아가려는 의지를 보여준다. 밤하늘의 별처럼 숱한 생각과 감정을 헤아리며 자신의 내면과 대면하는 고요한 순간으로 마무리된다.

에필로그

이명신 시인의 네 번째 시집 『세상은 원래 아름다운 것, 우리는 사랑하네』는 우리 모두 마음속에 숨어 있는 여러 감정과 마주한 느낌이다. 사랑의 설렘과 아픔, 삶의 무게와 그 속에서 피어나는 희망, 자연의 품에서 느끼는 평화와 그리움까지. 이 시들은 우리 일상의 조각들을 한 올 한 올 모아 부드러운 이야기로 만들어 주었다.

사랑은 때론 뜨겁고, 때론 시리고, 때론 소중한 기억으로 남아서 마음 한켠을 두드린다. 시 속에서 자꾸 반복되는 그리움과 이별, 소소한 일상 속에 담긴 소중함은 우리 모두가 살면서 겪는 보편적인 감정이니까 더 크게 와닿는다. 또 삶의 철학 같은 무위자연의 흐름도, 그 속에서 뒤척이는 마음들도 시가 바로 곁에서 같이 숨 쉬는 것처럼 느끼게 된다.

　이제 시집을 덮으며 우리 마음속에 깊이 남은 그 따뜻
한 감성과 여운을 오래도록 간직하고 싶다. 바쁜 일상 속
에서 시 한 편에 잠시 머물며 마음을 재충전하는 시간도
잊지 않기를 소망하면서 서평을 마친다.